Ninon tient bon

Heather
Hartt-Sussman

Illustrations de
Geneviève Côté

Texte français
d'Isabelle Montagnier

Catalogage avant publication de Bibliothèque et Archives Canada
Hartt-Sussman, Heather
[Noni speaks up. Français]
    Ninon tient bon / Heather Hartt-Sussman ; illustrations de Geneviève Côté;
texte français d'Isabelle Montagnier.

Traduction de : Noni speaks up.
ISBN 978-1-4431-5139-9 (couverture souple)
    I. Côté, Geneviève, 1964-, illustrateur II. Montagnier, Isabelle, traducteur
III. Titre. IV. Titre: Noni speaks up. Français.
PS8615.A757N66314 2016   jC813'.6   C2015-906058-3

Édition publiée par les Éditions Scholastic, 604, rue King Ouest, Toronto (Ontario) M5V 1E1
CANADA, avec la permission de Tundra Books, une division de Random House of Canada Limited,
une compagnie de Penguin Random House.

5 4 3 2 1   Imprimé au Canada 119   16 17 18 19 20

Les illustrations de ce livre ont été réalisées par ordinateur.
Le texte a été composé avec la police de caractères Gotham.

Conception graphique : Leah Springate

MIXTE
Papier issu de
sources responsables
FSC® C103113
FSC
www.fsc.org

10%

Pour papa et maman, et pour tous ceux qui ont
le courage de défendre les autres.

– H.H.-S.

Pour ceux qui tiennent bon...
et pour ceux qui le feront un jour.

– G.C.

Ninon essaie toujours d'être gentille avec les autres.
Dans l'autobus, elle laisse son siège aux personnes âgées.

Parfois, elle tient la porte ouverte pour les dames enceintes.

Quand un monsieur échappe des pièces de monnaie
à la boulangerie, elle les ramasse et les lui remet.

Mais aujourd'hui, quand elle voit des élèves intimider Hector à l'école, Ninon se fige. Elle a le souffle coupé et reste sans voix.

Ninon aimerait bien défendre Hector quand les enfants se moquent de son nom.

Et de sa taille.

Et de ses grosses lunettes.

Mais Ninon a tellement peur de se faire des ennemis qu'elle reste là, sans rien dire.

Quand Ninon était petite, elle ne se préoccupait pas de qui l'aimait ou non.

Sauf s'il s'agissait de sa maman bien sûr.

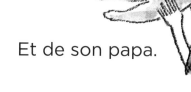

Et de son papa.

Et du chien du voisin, Sergent. C'était *vraiment* important de ne pas être son ennemi.

Mais ce qu'elle aimait le plus, c'était jouer toute seule.

Maintenant, Ninon aime avoir des amies, mais elles ont tendance à faire des commentaires sur tout.

— Jolie *blouse,* dit Suzie en riant, un jour où Ninon vient jouer chez elle.

— Pouah! Tu vas manger *ça?* dit Anna au dîner.

— Tu ne sais même pas comment faire une *arabesque?* demande une petite fille pendant le cours de ballet.

Cette nuit-là, Ninon n'arrive pas à dormir. Elle pense à Hector.
Son nom n'est pas si mal que ça.
Il est différent des autres enfants, et puis après?
De plus, ses lunettes lui donnent un air intelligent!

Mais si Ninon dit ce qu'elle pense, ses amis se retourneront peut-être contre elle.
Et la traiteront de tous les noms.
Et feront courir des rumeurs à son sujet.
Et la feront trébucher quand elle passera devant eux.

Dans sa tête, Ninon se voit dîner toute seule.

Elle se représente les enfants qui se moquent d'elle.

Elle s'imagine n'avoir personne avec qui jouer après l'école...

Le lendemain, alors qu'elle joue au parc avec Suzie,
Ninon remarque Hector assis sur la balançoire.

— C'est mon tour! dit méchamment un garçon.
— Je viens juste d'arriver, proteste Hector.
Mais le garçon le pousse et Hector tombe par terre.

Ninon se fige.
Elle a le souffle coupé et reste
sans voix.

Suzie rit aux éclats. Ninon ne comprend pas
ce qu'il y a d'amusant.

Ninon en a assez. Elle ne peut plus se retenir.
Ça suffit maintenant!
   Elle ne veut plus rester là sans rien faire.
N.O.N. NON!
   — C'est injuste! s'exclame-t-elle. Hector ne vous
a rien fait!

Suzie arrête de rire. Elle se fige. Elle a le souffle coupé et reste sans voix.

— Oh regardez! dit le garçon qui a poussé Hector. Il a besoin d'une fille pour prendre sa défense!

Ninon se tourne vers Hector et lui demande :

— As-tu entendu quelque chose, toi?

Hector sourit. Il fait un geste de la main et répond :

— Non! Rien du tout!

Il ramasse son sac d'école.

— Ninon... Merci! ajoute-t-il.

Et tous deux quittent le parc ensemble.